CHRISTINE BUSTA
INMITTEN ALLER VERGÄNGLICHKEIT

CHRISTINE BUSTA

Inmitten aller Vergänglichkeit

GEDICHTE

OTTO MÜLLER VERLAG SALZBURG

ISBN 978-3-7013-0686-2

Gesamtherstellung:
Druckerei Theiss GmbH, St. Stefan i. Lav., www.theiss.at

Dem anderen Hieronymus

Hieronymus hat die Frohe Botschaft
aus einer fremden Sprache
übersetzt in die seine.
    Du hast mich dir übersetzt.
    Und ich verstehe mich selber neu.

ICH HATTE DEINE SPUREN VERWISCHT,
ich wollte dich nicht mehr suchen.
Ich gab dich für mich verloren.
Tränenlos war ich erstarrt.

Erst als du mich wiederfandest,
lernte ich weinen um dich.
Jetzt leb ich!

VERWANDLUNG

Unaufhaltsam –
wie aus dem Felsen
der Wasserfall –
stürz ich dir zu.

Deine geduldige Tiefe
macht mich morgen
zum See.

WENN ES EINE NEUE ERDE GIBT,
möcht ich mir von der alten
den einen Augenblick mitnehmen dürfen,
in dem wir erkannten,
daß wir einander wieder
immer noch lieben.

WIR RUFEN EINANDER WIEDER.
Abgetan sind die vielen Namen.
Was bleibt, ist der eine, der gleiche
von Mensch zu Mensch,
vom Menschen zu Gott.

Wir atmen ihn ein und aus.
Wir stammeln ihn,
Leben an Leben gefaltet,
innigstes aller Gebete:
Du, du, du…

DIE WAHRHAFT LIEBENDEN NEHMEN
alles, was die Geliebten je liebten,
alles, von dem sie je Liebe empfingen,
in ihre Umarmung auf
und behüten es vor Verleugnung.

Was wir einander zubringen können,
ist aus der Liebe Vieler gewachsen,
bevor sich's in einer vollendet und birgt.

KLEINE TOPOGRAPHIE DES WIEDERFINDENS

I.
Zuerst sind wir heimgegangen
zur Dienstbotenmuttergottes.
Wir brauchten ihr nichts zu erzählen,
sie wußte schon alles
und lächelte liebevoll versonnen.
So schön war sie nie zuvor.

II.
In der Domgasse mußten wir es aufgeben,
die Küsse der Verliebten zu zählen,
die ihnen abendstill
an Lippen und Wangen aufblühten.

III.
In der Blutgasse war es schon dunkel.
Es roch warm und süß
nach Vanille und Butterkuchen.
Du nahmst mich fest bei der Hand und fragtest:
»Wohnt hier die Hexe vom Wienerwald,
die so verführerisch bäckt?«
Und ich sagte nur: »Lauf, Hänsel lauf!«

IV.

Wir waren noch zu bewegt,
uns vom Ancora Verde halten zu lassen.
Erst in der Alten Schmiede
stiegen wir hinab in den Keller
unsrer Vergangenheit.
Im Rotweinfeuer
schmolz Zerbrochenes wieder
zueinander. Und unsere Herzhämmer
erfanden sich einen neuen Gleichtakt.

DIE GLÜCKSUHR

Die Glücksuhr ist wieder aufgezogen.
Ich bin das Zifferblatt, du bist der Zeiger.
Wer sagt uns, wie spät es ist?

ERWIDERUNG

Du hast gesagt, daß ich schön bin.
Wenn du mich wirklich so siehst,
siehst du das Gute in mir,
das dir zuströmen will,
ist es die Liebe, die sichtbar macht,
wie ich dein Verborgnes anschaue,
wie ich von dir erkannt sein möchte.

Nimm mich an, wie ich dich annehme,
sag nur, daß du mich liebst,
und wir werden einander
schöner werden von Jahr zu Jahr.

DEINE HAND

Deine Hand auf meinem Gesicht,
deine Hand über meinem Herzen,
deine Hand auf dem schmalen Rücken
eines geliebten Buches,
deine Hand auf dem Schreibpapier.

Deine Hand an der rauhen Rinde
eines Baums und am glattgegriffenen
Stiel der Schaufel, mit der du die Erde
andächtig lockerst und umgräbst,
deine Hand auf dem täglichen Brot.

Deine Hand auf dem Haar eines Kindes,
das nicht unseres ist.

REISEN MIT DIR

Deine Liebe ist mein Ägypten
Ägypten ist weit und schön.
Die Wüstensonne ist groß.

Dein Brustkorb ist nachts eine Sternenreuse.
Dein Herz ist mein Moseskörbchen.
Ich vertraue dem Nil.

KLEINER OASENPSALM

Du nicht mehr erhoffter Palmschatten
in sengender Wüstensonne,
du tiefe, dunkle Zisterne,
die meinen Durst erwartet
und meine leeren Wasserbeutel
mit neuem Leben füllt.

Du Zelt, das mich birgt vor dem Sandsturm
und wider die Sternfröste wärmt.
Du Nachtfeuer, das mich bewacht
und den Hunger der wilden Tiere
fernhält von meinem Schlaf.

Du süßester Dattelgeschmack,
den meine herbgewordene Zunge
andächtig preisen lernt.

Oase, wo die stolzen Kamele
niederknieen und ausruhn dürfen,
bis ihre sandgetrübten Augen
wieder glänzen vor Dankbarkeit.

Noch in den fernsten Basaren der Fremde
will ich deine Schönheit und Gnade
loben, die mich errettet hat,
daß vielleicht auch ein Händler vor Staunen
den Preis seiner Waren vergißt
und sie den Bedürftigen schenkt.

EINE HEIMKEHR

Niemand hatte gewußt,
daß wir hier vorbeikommen würden –
nicht einmal wir selber.
Wir schlenderten nur selig planlos
durch unsre wiedergefundene Stadt.

Doch im Judenviertel
vor den kleinen dunklen Gewölben
hatten uns erfahrene Händler
schon ihre Fahnen ausgehängt:
Blue Jeans, auch rote, grüne und gelbe
neben viel anderem fröhlichen Buntzeug.
Und vom sonnenbeglänzten Dach
der Ruprechtskirche, die ihr Jahrtausend
unterm Wuchern des Efeus verträumt,
knatterte eine Salve Tauben
unserer Ankunft entgegen.

Über Schattengassen und Mittagshelle
stiller Plätze begannen Glocken
Langverschwiegenes auszuläuten.
Und bei Maria am Gestade
nahm uns im Steingespinst ihres Turmhelms
ein verloren geglaubter,
ewigkeitsblauer Kinderhimmel
wieder in sein Visier.

OHNE BEWEIS

Man sagt, daß nicht zwei Menschen auf der Welt
die gleichen Fingerabdrücke haben.
Wer hat es je nachgeprüft?
Aber ich glaub es.

Wenn die zarten Linienmuster
deiner Finger behutsam
meine Augenlider bedecken,
spür ich, daß sie mir unaustauschbar,
daß sie einzig sind.

VOR DEM SPIEGEL

Wozu sich von Spiegeln erschrecken lassen?
Gib mir deine Augen! Sie sehen,
daß ich innen von Tag zu Tag
schöner werde für dich.
Nimm dir meine dafür.

DAS SCHÖNE SPIEL OHNE REGELN –
spielen wir es denn selber
oder werden wir nur gespielt?

Gestern warst du der Kiesel,
der sich dem Wasser gewährt.
Werd ich dir morgen Ufer sein?

JÁ TĚ MILUJI

Du hast es mir vorgesagt,
ich hab es dir nachgesprochen.
Ich sprech es nicht mehr nur nach.

Já tě miluji. Ist das noch Sprache,
ist es nicht schon Musik? Ein Lied,
das man nicht zu übersetzen braucht?

Wir singen es jetzt beide zugleich.
Auch wenn ich allein bin, sing ich's dir zu,
sooft ich denke an dich.

Ich singe und hör es wie jemand,
der in seinem verwachsnen Gedächtnis –
nach vielen Jahren in der Fremde –
einen einzigen Satz
seiner vergessenen Muttersprache
wiederfindet und in ihm
die ganze verlorene Heimat birgt.

ATEM-GEDENKTAG

Zufällig saßen wir nebeneinander
im Reisebus. Ich war schon länger
unterwegs gewesen als du –
der Fremde mit dem nachdenklichen Blick
und dem scheuen Kinderlächeln.

Wir hatten noch kaum miteinander geredet
und schauten meist wortlos zurückgelehnt
ins sanfte Wechseln der Landschaft draußen.
Plötzlich spürte ich deinen Atem,
als versuchtest du ganz behutsam,
Staub von meiner Wange zu blasen,
vielleicht auch Schatten und Müdigkeit.

So hat es zwischen uns begonnen:
mit Atem. Vor dreißig Jahren.
Du atmest mir immer noch zu.

BILDBETRACHTUNG

Schau, wie schön und gelöst der Jünger
schläft am sicheren Herzen des Herrn!

Ich möchte diesen Johannesschlaf
auch einmal schlafen –
mit dir.

ANDACHTEN

I

Wie soll ich Gott danken,
daß es dich gibt?
Daß es dich gibt –
auch für mich!

II

»Wenn ihr nicht werdet wie die Kinder…«
Wir waren es. Durften es wieder werden.
Sind es noch immer.
O Himmelreich!

III

Einsilbig ist die Sprache der Nacht.
Sie sagt Stern,
sie sagt Mond,
sie sagt Du!

IV

Wie still du dich offenbarst
und mir zuwächst!
Ich schließe die Augen
und falle dir zu.
Ich berge dich in meinen Mund.
Wortlose Andacht des Unsagbaren.

V

Ich schaue in dein Gesicht:
schattenschön,
stiefmütterchensanft
öffnet sich mir
deine Trauer.

VI

Was ist uns noch außen, was innen?
Sind wir nicht nur Membrane
im Kosmos? Berührt
von Mondfingern, Sonnenpfoten.
Osmosen des Lichts, der Musik?

VII

Nachwärme unsrer verglühten Gebete
aschenleicht zärtlich und atemsanft
hinüberbergen in einen
kinderseligen Schlaf…

UNANFECHTBAR

Ich weiß:
sie werden über uns lächeln,
weil wir noch immer
Liebensbriefe und Liebesgedichte
schreiben.

Laß sie:
die Liebe ist
älter als wir.

KLEINE MORGENGABE

Früh in der Morgendämmerung
wird über meiner Stadt der Himmel
manchmal so apfelgrün,
daß ich ihn riechen kann.

Ich werde heut nacht nicht schlafen,
um ihn zur rechten Stunde zu pflücken
und in dein fernes Fenster zu legen,
daß er dir duftet.

AN DIE MÄRZSONNE

Winterlang hat dich der Vogel erwartet.
Wenn du heut über die Berge kommst,
wirst du eine Lawine lostreten –
hinab in sein Schattental.

Ihn wird sie nicht verschütten.
Er fliegt dir ja schon entgegen!

HEUTE

Ich halte mein Gesicht
in die Sonne,
ich halte mein Gesicht
in den Wind.
Du bist die Sonne, der Wind.

Du wirst auch die Nacht sein,
die tröstliche, schöne –
der Schlaf, der wacht.

MITBRINGSEL TAUSCHEN

Heut hab ich dir einen Regenbogen
und Forellen gefischt,
Libellen und Schmetterlinge gefangen –
ganz ohne Angel und Netz.
Auch einen blaugrünen Eidechsenblitz.
Gib mir dafür aus deinen Augen
den Goldsalamander.

LOSSPRECHUNG

Ich habe dein Gesicht nicht gesehn;
es war dunkel.
Ich habe nur deine Stimme gehört.
Sie sagte ganz leise:
»Du darfst alles…«

Konnt ich ein Leben lang
mehr gewinnen
als dein großes Vertrauen,
daß ich nichts Falsches tun kann,
wenn ich bin, wie ich bin?

Weil ich dich liebe,
und in dir alles,
was die Schöpfung bewegt und stillt.

NACHHER

Ich kann mich schon heute an morgen erinnern:
ich sitze allein an dem kleinen Brunnen,
den wir gestern im Park entdeckten.
Wenn sich ein Taubenschnabel behutsam
an seinem leisen Sprudeln netzt,
werde ich wieder Wasser,
das dich noch immer spürt.

STILLE ANWEISUNG

Ruh dich aus.
Mir brauchst du das Gras nicht zu schneiden.
Laß es mitsamt dem unbändigen Unkraut
weiterwachsen auf meinem Hügel.

Horch lieber, ob dir nicht unter der Erde
eine schon dicht vergrünte Stimme
immer noch sagt: »Ich wachse dir zu...«

DIE SONNENKUGEL

Als der Tag seine Sonnenkugel
über den Horizont schob,
wollte ich sie nicht sehn.
Ich sagte: »Ich bin todmüde.«

Er hob sie behutsam höher
und sagte: »Aber du lebst noch…«
Da sprang ich ihr zu.

WASSER UND STEIN

Die Pflanze, das Tier, der Mensch
trinken vom Wasser,
der Stein erduldet's
und wird geringer
von Jahr zu Jahr.

Ich lege dir
einen Kiesel
ans Herz.

DU BIST MEIN POVERELLO GEWORDEN,
du schenkst mir die heilige Armut der Liebe.

Vergrab mich darin so tief,
daß ich mich selber vergesse,
daß nur du mich noch findest,
wenn Gott nach mir fragt.

WER KANN DER LIEBE VERBIETEN ZU LIEBEN?
Wer wirklich liebt und geliebt wird,
hat die Bedürftigkeit
der Ungeliebten erkannt,
liebt über sich hinaus.

VATERUNSERWALD

Hänsel, komm in den Wald,
wir wollen die Hexen bannen!

Wie viele Vaterunser
werden wir beten müssen,
bis die Lebkuchenhäuser zerbröckeln,
bis unter dickichtlosen Bäumen
das schlichte, silberstämmige Blockhaus
sich auftut, wo unser Engel wohnt?

OHNE HOCHMUT

Laß uns beten für alle,
die sich zum Narren machen:

die lügen müssen, weil sie nicht lieben können,
die täuschen, weil sie barmherzig sind,
die lachen, weil Weinen als Schwäche gilt,
die, vor Gericht verklagt,
eine korrekte gebundne Krawatte
für einen mildernden Umstand halten,

die erbittert dem Leben nachstellen,
weil sie sich ihm nicht ausliefern wollen,
die ohne Andacht essen und hungern,
weil sie es nie erlernten,
den Geschmack des ganzen Brotes
auch im kleinsten Krümel zu erkennen.

Laß uns beten für alle,
die nur noch für andre beten,
weil ihnen die Demut fehlt,
für sich selbst auf Gnade zu hoffen.

ZWISCHEN DEN GEZEITEN

Ich lasse mich von den Gezeiten
deiner Liebe bewegen
wie du dich von meinen.
Welch seltsamer Atem der Ruhe
in der unendlichen Bewegtheit.

Oh, dieser gleiche geheimnisvolle
Mond über unseren Tagen und Nächten,
dem wir gehorsam sind,
der auch als Unsichtbarer
uns spürbar bleibt wie die Tiefen des Meeres.

AUS EINEM INSELTAGEBUCH

Wieder Geruch und Geschmack des Meeres
kosten von nackter Haut – und die Wärme
porentief geborgener Sonnen.

Vertrautwerden mit dem Widdervließ
und dem Entzücken der Berührung
phallischer Seide – wangennah.

Heimkehr der vertriebenen Götter
im erregenden Atemwind.

Verschwendung und Offenbarung der Tiefsee
in Wogenwürfen bei Tag und Nacht.
Bläue, Brandung, Seevögelschreie.

Sternstille. Sanfte Augenzuwendung.
Und in blinder Gewährung erwidern
bis an den Horizont des Schlafs.

WIEDERGUTMACHUNG

Ich kann die Sonne nicht Sonne nennen,
ohne dabei dich anzurufen.
Ich habe den Mond beleidigt,
weil er mich nur an dich erinnert.
Auch das Wasser hab ich gekränkt,
weil ich in seiner Berührung
immer noch dine Liebkosung spüre.

Komm! Und sei mir wieder so nahe,
daß ich dich nur mit dir vergleiche,
und das Wasser, den Mond, die Sonne
nichts als Wasser, Mond und Sonne
sein lasse. Schön und unvergleichbar,
ganz sie selber – wie du.

WENDE

Innehalten.
Widerstandslos
sich fallen lassen
und nichs als staunen.

Einschlafen
zwischen Brandung und Fels –
nur noch das Meer im Ohr.

Ist das nur Müdigkeit
und Erschöpfung
oder schon
das große Vertrauen?

AUS EINEM ANDEREN VINETA

Andere bauen auf dem Festland.
Ich baue mir eine Stadt im Meer,
kein untergegangnes, versunknes Vineta,
ein neues aus Kummerkorallen,
roten und weißen, und perlenschimmernden
Tränenmuscheln. Mit Gärten voll fiedriger
Seeanemonen, die sonnenlos blühn.

Dort wohn ich inmitten von Seesternhimmeln
und lerne von flossengeflügelten Engeln
die Sprache der Fische, der goldgeschuppten,
der silberglänzenden und der bunten
in allen Farben des Regenbogens,
der gottlos gefräßigen und der sanften,
die tänzerisch wendig dem Leben, dem Tod
Ihre Opferriten vollziehn.

Wenn du ein Tiefseetaucher bist,
kannst du mich jederzeit besuchen
und fündig werden. Es liegt auch soviel
Menschengeheimnis auf dem Grund
des Meeres. Zerborstene Schiffe, zerbrochene
Anker und Schätze von Salz verkrustet,
die nur das Staunen, nicht Habgier entsiegelt.

Oder willst du ein Netz aus Andacht flechten
und es droben bei Nacht auswerfen?
Dann schick ich dir meinen vertrautesten Fisch;
ich hab ihn als Tausch für seine Sprache
das Singen gelehrt. Du wirst ihn verstehn
und, während du lauschst, ihm deinen Atem
in die zuckenden Kiemen blasen. Am Morgen
wirfst du ihn wieder zurück ins Meer,
daß er mir Botschaft bringt: ein lautloses
Maul voll Goldsand von deinem Strand.

SÄTZE

Die Lust der Schiffe
verlangt nach dem Meer.
Ihre Treue und Trauer
gehört der Fracht.

☆ ☆ ☆

Mit hundert ewig offenen Augen,
die nicht müde werden zu staunen,
möcht ich mich dir hinbreiten.
Ich bin dein selbstvergessener Pfau.

☆ ☆ ☆

Mit der sorglosen Anmut eines Kindes
verlockst du meine Bedürftigkeit,
zu schenken und dich zu lieben.
Du forderst nicht. Du nimmst an und strahlst,
selber nichts als Geschenk.

☆ ☆ ☆

Weißt du denn wirklich nicht,
wie sehr du mein Leben geworden bist?
Wenn ich deine Bitte erfülle,
an mich selber zu denken,
denk ich doch nur an dich
und bin ganz Freude.

☆ ☆ ☆

Lies auch zwischen den Zeilen:
Ich weiß, daß es Liebe gibt,
ich hab sie selber erlitten.
Ich weiß, daß es Trost gibt,
wenn man sich nicht hochmütig verschließt.
Ich weiß, daß es Böses gibt,
daß keiner zum Guten verändern kann,
der nicht untröstlich bleibt.

☆ ☆ ☆

Manchmal entlaß ich mich selber
und lasse mich gehn – zu dir!

☆ ☆ ☆

Was kann uns das Leben noch Schöneres schenken
als immer wieder diesen
hinreißend verhaltenen Jubel
zueinander und miteinander,
das innigst einige
große Ja!

☆ ☆ ☆

Ich bin auch eine Waldläuferin.
Durchs Dickicht des Lebens
lauf ich dir zu:
Die Strecke ist länger als mein Atem.
Wann fängst du mich auf?

☆ ☆ ☆

Amor Vincit! Aber es gibt
keinen Triumph ohne Trauer.

☆ ☆ ☆

Wie kann ich es dir erklären? –
Glaub nicht, daß ich Abbilder sammle,
wenn ich dich fotografiere.
Ich suche deine Ikone.

☆ ☆ ☆

Ich habe von großen Reisen
in fernste Fernen geträumt.
Ich habe nur eine verwirklicht:
die Weltreise in deine Nähe.

P.S.

Ich möchte für dich
aus meinem Leben
einen Liebesbrief machen,

der auch die Ungeliebten einschließt
in die Hoffnung auf Trost
und trostlos Verfinstertes
auftut für die Gnade des Lichts.

PRIVATE WIDMUNG

Meine Gedichte sind unsere Kinder.
Sind auch nicht alle wohlgeraten –
was kümmert mich noch die Literatur?

ÖFFNE DEIN FENSTER!
Ich habe dir eine Taube geschickt.
Ich sah sie gestern im Park.
Eine hellbraune, sanfte
mit einem Halsband aus dunklem Flaum.

Sie ist nicht gefräßig wie ihre Schwestern.
Laß sie auf deine Schulter fliegen.
Sie will nichts als nahe an deiner Wange
sitzen, dir zugewandt,
reglos, ruflos, verzaubert.

WIE FERN DU AUCH SEIN MAGST,
Nacht für Nacht komm ich
dich heimlich betrachten
wie ein geliebtes Kind.

Ich brauche dazu kein Licht.
Ich halte den Atem an
und zähle die Silberfäden
in deinem Schlafhaar.

Ich kann leiser sein
als der Mond.

ANSTATT LANGER BRIEFE

Mach mich dir schön, du Guter!
Ich werde dich immer
noch schöner machen…

Du Mich-Brauchender,
ich brauch dich von Tag zu Tag mehr…

Bleib mein Nächster, du Ferner!
Ich bin immer bei dir…

STILLES WIEDERSEHEN

Dasitzen – dir gegenüber am Tisch,
zwischen uns kühle Gläser,
golden durchglüht vom Wein.

Dasitzen – wortlos, ohne Berührung,
nur von deinen Blicken umfangen,
in dein Lächeln geborgen.

Dasitzen – reglos nach außen und spüren,
wie es uns innen unaufhaltsam
wieder zueinander bewegt.

SOMMERNACHMITTAG IM IRENENTAL

Der Himmel über uns ein Schwalbenkarussell,
die Erde unter uns ein Wiesenhügel,
auf dem zwei dunkle Panjepferdchen grasen.

Dazwischen wir auf einem kleinen Holzbalkon,
der pelargonienrot in Flammen steht
und nicht verbrennt.

Sind wir noch wirklich oder nur entrückt
aus einem Märchenbild, das Marc Chagall geträumt?

DIE LIEBE NIMMT AN, NICHT WEG.
Sie ergreift nicht Besitz.
Sie ist zugetan.
Sie ist das Geheimnis
der Brotvermehrung.

WENN DU DA BIST,
werde ich wieder licht –
wie ein alter Kirschbaum
im Frühling.

Was ihn durchwölkt
sind Bienen.
Sie sammeln Honig
für dich.

ABSTRAKTE IKONE

Ich male dir eine Septemberikone.
Was brauch ich dazu für Farben?

Nebelweiß, Steingrau, Wacholdergrün,
Sonnenblau, Sanddornrot,
Rohrkolbenbraun und Wassersilber.

Auch einen Hauch von Schattenpurpur
und sehr viel zärtliches Blattgold.

ZU EINEM BILD

Mann mit dem Gabelzweig in den Händen,
hast du Lächeln gesammelt im Wald?

Du Mittagsbrauner, dem schon der Abend
als Mondgespinst an den Schläfen schimmert!

Bist du ein Wünschelrutengänger,
der Wasser gefunden hat?

DAS TIGERAUGE

Das Tigerauge im silbernen Ring,
den du mir an den Finger stecktest,
leuchtet mir goldbraun aus dem Dschungel
meiner täglichen Ängste entgegen.

Es lauert nicht, es umschließt mich.
Schon bin ich in seinem Blick geborgen
und weiß: die Gewißheit meines Todes
macht es so tröstlich und sanft.

ENTLASSUNG

Ich werde die Engel fortschaffen,
die Vögel, die Eichhörnchen, das Gras
und die Olivenhaine,
mit denen ich dich vergleiche.

Zuletzt mich selber,
daß du allein sein kannst,
um dich zu dir zu entfalten.

Wenn ich dich wieder umarme,
sag ich nichts mehr als: »Du!«

ABBITTE

Die Erde hat nicht Erde genug,
dich in mir zu verschütten.
Du liebst mich, weil ich nicht schreie vor Schmerz,
du liebst mich, weil ich nicht zornig werde,
du liebst mich, weil ich ertragen kann,
was andre zu tragen nicht bereit sind.

Du weißt nicht, wie sehr ich schreie,
wo du es nicht hören kannst.
Du weißt nicht, wie zornig ich bin,
wenn keiner es sehen kann.
Du weißt nicht, wie ich zusammenbreche,
wenn ich allein bin.

Du liebst mich und weißt nicht,
wie sehr ich dich liebe.
Wär es nicht klüger, dich zu hassen,
daß du es endlich begreifst?

Aber ich kann mich nicht widerrufen.
Auch nicht im Tod.
Vergib!

IM HERBST

Was von der großen Sonnenblume
unseres Sommers übrigblieb
laß uns der Vogelnot
des kommenden Winters opfern.

Heut hab ich dir Zimmerchrysantemen
in einem Blumentopf gepflanzt,
beinahe ein kleines Gebüsch voll gelber
Sternknospen. Eine nach der anderen
wird für dich aufgehn.

Immer noch blüht unser Jahr.

AUF DEN STUFEN ZUM UNTEREN BELVEDERE

In wie vielen Liebenden waren wir schon,
in wie vielen werden wir noch sein?

Heut aber sind wir in uns – füreinander
das Herbstlicht unter dem Fittich
melodischer Taubenflüge,
das Engelswehen leiser Fontänen,
das Geheimnis des Lächelns
verwitternder Sphingen aus Stein.

BITTLICHTER

Dienstbotenmadonna im Stephansdom,
der zu Füßen wir wieder
unsre Bittlichter anzünden:
je eines für einander
und eines für alle,
die es brauchen.

Vergib uns die Selbstsucht
und Knausrigkeit!
Unter denen,
für die unser drittes Licht brennt,
sind ja auch wir –
noch einmal.

ES WIRD NOCH EIN WEILCHEN WEITERSCHNEIEN,
wenn du fortgehst –
rote Flocken auf meinen Balkon.
Geranienschnee, der dauert,
solange der Herbstwind den Atem anhält.

Aber der Mond im Kastanienbaum
schwindet schon und wird schmelzen
in dunkle Nächte.
Ich suche den Stern, der bleibt.

Leise an meiner Wange redet
Morgenregen. Die Trauergesichter
der letzten Violen schauen mich an
mit goldumrandeten Augen.

IMMERZU SCHAU ICH DICH AN
Ich horche dir nach und entgegen.

Du warst mein Amselfrühling,
mein Honigsommer.

Du hast meinen Herbst
überfließen gemacht
wie einen Bienenkorb.

Wirst du zuletzt als Imker kommen
in einem summenden Schleier aus Schnee?

EINE KASTANIE AUF DEM SCHREIBTISCH

Die Stachelfrucht hat sich geöffnet.
Täglich größer zwischen den grünen,
sich allmählich bräunenden Wimpern –
entblößt sich ein heidnisches Götterauge:
glänzend, gleichgültig, schön, undurchdringlich,

und macht mich, von Tag zu Tag mehr, verlangen
nach dem Geheimnis wissender Trauer
in einem dunklen Ikonenblick –
deinem…

SAKRAMENTE

ER hat uns das Brot und den Wein
in sein Fleisch und sein Blut verwandelt.

Wir verwandeln einander
das Fleisch und das Blut in Brot und Wein.

DAS EWIGE LICHT

Als Kind hab ich einmal einem Mesner
zugeschaut, wie er in die Ampel,
die rubinrote überm Tabernakel,
feierlich Öl nachgoß und sie sorgsam
mit einem neuen Schwimmdocht versah.

Ein Gleichnis, das mich noch heute bewegt.
Auch das Ewige Licht braucht Wartung:
Öl und Docht und den treuen Mesner.

MEINE JAHRE FÜR DICH

Ich weiß nicht, wie weit der Löwenzahnsamen,
wie weit der Distelflaum fliegt.

Ich atme und weiß nicht, ob mein Atem
dem Wind und dem stillen Lufthauch nachhilft,
die Flugpost der Erde auszutragen.

Ich weiß nicht, wie fern, wie nahe sie landet,
wem Löwenzahngold und Distelpurpur
aufgehn wird übers Jahr.

Mein Atem hat sie dir zugedacht,
auch das Herbstblatt, das leuchtend niederschwebt,
und die kühle, zärtliche Flocke Schnee.

WASSER

Die vollkommenste Liebkosung
ist die Liebkosung des Wassers.

Ich möchte dir Wasser sein,
das dich umschließt und wiegt
und trägt.

ENTGRENZTER SCHLAF

Einmal
Haut an Haut
nichts als schlafen.

So nahe,
daß jede Berührung
vollkommne Osmose wird,
daß du ich bist
und ich du bin.

Man dürfte danach
nie wieder erwachen.

VERSUCH EINER DEFINITION

So nahe am Herzen
eines Menschen zu ruhn,
daß man vor lauter Glückseligkeit
schon zu müde ist, auch nur die Hand zu heben
nach seinem geliebten Gesicht –
oder auf seine Lippen
noch den einen Kuß zu hauchen,
den zu geben man so sehr verlangt, –

das ist Liebe.

UNSER LEBEN

Unser Leben, das längst verlorengeglaubte,
Unser Leben, das dankbar wiedergefundene,
Unser Leben, das kaum miteinandergelebte.

Unser Leben, das wir für andre verbrauchen,
Unser Leben, das wir tagtäglich entbehren
und doch – auch im Kummer noch – freudig ertragen,
weil wir es füreinander tun.

Unser getrennt getreues Leben,
bis uns der Tod nicht mehr scheiden kann.

GEMESSEN AN DER KOSMISCHEN UHR
bleibt uns für unsere Liebe
nicht einmal ein Milliardstel
von einer halben Sternsekunde.
Wir haben keine Bedenkzeit.

VOM ALTERN

Der Liebe wird alles wichtig und lieb:
eine Schattenmulde in der Wange,
das Runzelgeflecht ums Auge,
eine Kindheisnarbe unter den Zehen,
ein verborgener Makel der Haut,
eine sichtbarer werdende Ader
und die kahle Stelle im Haar.

Jeder Verlust wrid auch Gewinn
und mehr die Erinnerung.
Treuer als Lust macht Zärtlichkeit,
der Schmerz um Vergängliches erneuert.
Aus den Filtern behutsamer Trauer,
bergen wir die Schönheit, die bleibt.

WAS ICH DIR ZUM ADVENT SCHENKEN MÖCHTE

Einen Orgelton wider den finsteren Morgen,
meinen Atem gegen den Eiswind des Tags,
Schneeflocken als Sternverheißung am Abend
und ein Weglicht für den verlorengeglaubten
Engel, der uns inmitten der Nacht
die Wiedergeburt der Liebe verkündet.

BRIEF ANS CHRISTKIND

Was ich mir wünsche?
Daß der, den ich liebe,
mich für das Weilchen, das ich noch lebe,
wirklich lieb hat,
und daß ich ihm das
immer leicht machen kann.

Vielleicht vergißt er mich
dann auch nachher
nicht ganz.

DAS GESCHENK

Bring mir keine Geschenke.
Bring mir nur dich – immer wieder –
als einziges, das ich so lang schon entbehre.

Man bekommt es auf keinem Markt.
Es fällt einem zu aus dem Leihhaus Gottes.
Dem kann man sich nicht verweigern.

Ich werde mich damit schmücken:
heimlich, daß es mir keiner neidet,
daß es niemandes Armut kränkt.
Es macht mich für immer schön.

DAS EINE GEDICHT

Nie wird es mir gelingen,
das eine Gedicht zu schreiben,
das ich dir schreiben möchte.

Das eine Gedicht, das alles sagt.

Aber ich hab es an vielen Orten,
Tag für Tag über die Jahre hin
gelebt.

DAS SCHICKSAL BRAUCHT KEINE RECHTFERTIGUNG
Auch wenn man mir Steine nachwirft,
was könnten sie denn noch treffen?
Mein Leben ist längst schon in deines entrückt.

WAS ICH BRAUCHE

Ich brauch keine öffentliche
Genehmigung, dich zu lieben.
Ich brauch keinen Ring, der mich berechtigt,
Ansprüche zu erheben.

Ich brauche nur deine Umarmung
als schlichten Ring um mein Leben.
Er macht mich nach innen glänzen.

INMITTEN ALLER VERGÄNGLICHKEIT

Einmal wichtig gewesen zu sein,
für jemanden, der einem selber
so wichtig war, daß man glaubte,
alles vorher sei unwichtig gewesen,
und nichts könnte nachher wichtiger werden
als dieses eine Mal –
es bleibt und wird zu erfülltem Leben.

Auch wenn man es längst vergessen wähnt.

ERWARTUNG

Hab ich zu lange, zu laut
gerufen,
daß ich den zögernden Schritt
nicht mehr höre,
der aus der Ferne
nahkommen will?

Sei mein Tod,
daß es still wird
in mir!

WAS WERDEN WIR SEIN
in hundert Jahren?
Der Erde vermählt und Gott anvertraut,
zwei Hände voll zärtlichem Staub.

NACHWORT

Christine Busta, die österreichische Lyrikerin mit überösterreichischer Ausstrahlung, wurde am 23. April 1915 in Wien geboren. Obgleich Feiern und Festen abhold, ließ sie sich überzeugen, daß eine Lesergemeinde anläßlich des »70.« ihrer Autorin eine neue Gedicht-Auswahl erwarten darf. Soweit, versteht sich, Ungedrucktes in ihrer Sammelmappe überhaupt vorhanden. Zum Glück verfügte sie, die längst ehrend »die Busta« Genannte, über Neues, Ungedrucktes, Gesammeltes – vornehmlich über Liebesgedichte. Keine jahrelang gehüteten, nein, seit ihrem letzten Sammelband »Wenn du das Wappen der Liebe malst« spontan entstandene Gedichte aus personalem, du-bezogenem Erlebnis der Liebe. Nicht ausgespart sind Persönliches, Intimes, Erotisches, frei bekannt wird die Leidenschaft in reifer Lebenszeit; und gewinnen auch die einzelnen Gedichte durch Verquickung von Wortkunst und Reihung überhöhende Allgemeingültigkeit, bleibt dennoch festzustellen: Nicht nur neue Gedichte der Busta, vielmehr eine neue Busta.

Das private Bekenntnisgedicht verzögert, längt bewußt den medialen Prozeß vom subjektiven Ich (im Erlebnis) zum lyrischen Ich (im Gedicht). Dies gilt verstärkt fürs privat-bekennende Liebesgedicht, weil hier zwischen Erlebnis-Ich und Gedicht-Ich das Du steht. Seine Eigenständigkeit wird nicht gemindert, vom schreibenden Wesen nicht sich selbst anverwandelt. Die Unmittelbarkeit von Empfindung und Ausdruck, unabdingbares Element des lyrischen Artefaktes, bleibt motorisch-motivischer Schreibantrieb, bedenkt jedoch stets das Du. Dazu die Autorin: »Meine Gedichte wollen / nicht mich hörbar machen / sondern die Welt in mir und den, / der mir Welt wird und Dauer – / auch im vergänglichsten Augenblick.« Die (alte) sublimierende Ich-Ich-Formel ist durch die sozialisierende Ich-Du-Ich-Formel ersetzt.

Christine Busta, die ihre Gedichte nie von außen kommentiert hat, notiert das Poetische gegebener Realität im Bewußtsein der

ästhetischen Krise unseres Jahrhunderts. Damit akzeptiert sie nicht nur, mit Walter Benjamin gesprochen, den Verlust von »Aura« und »Kultwert« des Kunstwerks, sondern auch dessen Verlust von Schönheits- und Aufklärungswert, jedenfalls: seraphische, spannungslose, harmonische Schönheit und schlagwortnahe, direkte, organisierende Aufklärung durch das Kunstwerk gelten ihr nicht als dessen tiefere Bedeutung. Pädagogisches will ihr Gedicht nicht leisten, auch nicht Kunstpädagogisches. Allerdings bedeutet die vermiedene Fixierung auf die Gesellschaft nicht deren Ignorierung. Aber: geht es der Autorin auch nicht um indoktrinierte Besserung der Gesellschaft, geht es ihr doch um die Verfassung des Menschen als Glied der Gesellschaft. Private Gedichte sind nicht beliebige, und wohl alle im neuen Sammelband der Busta könnten im Sinne Montaignes zur Erforschung der condition humaine eingesetzt werden. Das Exemplarische eines künstlerisch stilisierten Textes trotz tehmatischer »Privatheit« meinte Elias Canetti (den unsere Autorin »immer wieder neu lesen kann«), als er einmal ebenso schlicht wie bestimmt erklärte: Dichtern von Bedeutung sei nicht gegeben, ihre »innere Welt von der äußeren zu trennen«, und nur bei »nichtssagenden Schreibern« sei »Mißachtung« der privaten Vorgänge im Lebenslauf erlaubt.
Leiderfahrene Menschlichkeit, dies wäre als gemeinsamer Tenor aus den Doktor- und Seminararbeiten, Aufsätzen und Rezensionen, Lexikon-Stichworten und Sammelband- bzw. Übersetzungs-Nachworten zum Werk der Busta zu filtern. Sie widerspricht nicht, zeigt jedoch durch Mienenspiel, daß sie deshalb keineswegs gegen Lebensbejahung und Genußfreude anderer argumentiert, die ihr siebzig Jahre lang schwergemacht, schwergefallen waren. Sie hat Sinn und Bedeutungen in der Natur, im Mythisch-Mystischen, im Christlich-Religiösen, im Sozialen, im Undogmatisch-Freisinnigen gesucht – und hat, als wäre es ihr aufgegeben, den Menschen zuvörderst in seiner Gefährdetheit, Geworfenheit, Geschlagenheit gefunden. Ihr Trotzdem blieb freilich auch im Moment tiefsten Lebenszweifels

vernehmbar. Es ist vielleicht nicht zufällig, daß sie, die mit zahlreichen Literaturpreisen ausgezeichnete Lyrikerin, im Jahr 1985 einen Preis, über den ausschließlich Leser bestimmen, für ein Gedicht aus dem Jahr 1951 erhielt; der Titel: »Das andere Schaf«, die zwei aussageträchtigsten Strophen: »Die frommen Lämmer fanden mich stets arg. / Doch keiner hat viel Müh an mich verloren, / und regelmäßig ward ich eines nur: geschoren. / Der Stall war schlecht und meine Weide karg. / / Nun hat der Winter jede Spur verweht. / Es zischt der Schnee: ›Er hat sein Wort gebrochen.‹ / Doch sterbend hör ich, tief in nasses Laub verkrochen, / wie draußen einer unaufhörlich näher geht.«
In die Nöte des Ersten Weltkrieges hinein bekam die junge Mutter Bustas ihr Kind, sie mußte Christine selbst aufziehen, was für eine Alleinstehende ohne erlernten Beruf, auch später noch in der ersten österreichischen Republik, überaus schwierig war; Christine litt in der dürftigen Wohnung, meistens sich selbst überlassen, die Einsamkeit des Kindes, lernte zur Selbstrettung die schrecklich beängstigenden Löcher in Raum und Zeit durch Traum und Phantasie zu füllen; in der Schule stand sie, die an übliche Geselligkeit nicht Gewöhnte, oft im Abseits; seit ihrem 14. Lebensjahr und während des Germanistik- und Anglistikstudiums an der Wiener Universität mußte sie, wenn ihr Studium nicht abrupt enden sollte, auf allerlei Arten hinzuverdienen; ihre Erinnerung an Kindheit und Jugend ist Erinnerung an peinigende, peinliche Kargheit; die Ehe mit dem Musiker Maximilian Dimt wurde durch die Vermißtenmeldung im Zweiten Weltkrieg schmerzlich und unvergeßlich zerstört; die Wohnung brannte aus; im Besatzungs-Wien quälte die Dolmetscherin und Hotel-Leiterin bei den Engländern weniger die eigene Ausgesetztheit und gelegentliche Wehrlosigkeit, mehr quälten sie Hunger, Elend und Zukunftslosigkeit ihres Volkes sowie das widerwillige Hineingeratensein in die Mitschuld an den entsetzlichen Geschehnissen zwischen 1938 und 1945. Endlich, ab 1950, fand sie berufliche, bald auch geistesfreundschaftliche Heimat in den Wiener Städtischen Büchereien; es

begann die dennoch beschwerliche Existenzsicherung, wobei sie für ihre Mutter mit zu sorgen hatte; Freunde würdigten ihr lyrisches Talent und förderten es auf mannigfaltige Weise; aber die sensibel angelegte, durch die Spannung zwischen wachsenden Brotberufspflichten, privaten Schwierigkeiten und ständiger Hintansetzung ihrer kreativen Passionen übersensibilisierte Frau wurde schier überwältigt von der Rast-, Rat- und Hilflosigkeit ihrer/unserer Zeit; gab es doch kaum noch Antwort auf die einst vom jungen Guardini formulierte Frage, »wieweit die Entfremdung des Menschen in der Heillosigkeit der Geschichte noch heilbar sei«, sie reagierte folgenschwer, mußte sich gegen depressive Verzweiflung und organische Krankheiten wehren (eine zeitweilige Abkehr von der Wortkunst und Hinwendung zur bildenden Kunst brachte erstaunliche Kleinskulpturen und Bilder, die irgendwann zu registrieren, zu untersuchen sein werden). So ist Christine Busta ein eher zurückgezogener Mensch geworden, der sich weder persönlich noch literarisch aufdrängt. Aber die Titel ihrer Sammelbände, von denen keiner in der ersten Auflage steckenblieb, signalisieren denn auch kein pessimistisch oder gar negativistisch getränktes Programm, sondern Sinnbilder oder Metaphern für die Wegstrecken ihrer inneren Entwicklung: »Jahr um Jahr«, »Der Regenbaum«, »Lampe und Delphin«, »Die Scheune der Vögel«, »Unterwegs zu älteren Feuern«, »Salzgärten« und »Wenn du das Wappen der Liebe malst«, nicht zu vergessen die Kinderbücher »Die Sternenmühle« und »Die Zauberin Frau Zappelzeh«, die durch Poesie und Humor nicht nur Kinder, sondern auch Erwachsene bezaubern.

Wer engere menschliche oder/und kulturelle Beziehungen zu Slawen unterhält, möchte während der Lektüre von Busta-Gedichten an vielen Stellen auf lyrische Elemente hinweisen, die gemeinhin der slawischen Poesie (wie Lyrik dort ja auch heißt) innewohnen; es handelt sich insbesondere um Mut zum Sentiment, zur Musikalität, zu liedhafter Verbalität, vor allem um Mut zu einer Naivität, bei der nicht gleich zu erkennen ist, daß sie nicht aus wirklicher Naivität kommt. Als einmal einer im Gespräch mit Rudolf Fellmayer, dem Entdecker und Förderer vieler Begabungen auf sämtlichen literarischen Gattungsfeldern, sinnierend die Frage aufwarf, was an der Österreicherin Busta eigentlich das Österreichische sei, erwiderte Fellmayer pointiert: Zunächst der Umstand, daß sie keine deutschen Vorfahren hat. Tatsächlich, alle Abstammungslinien von Christine Busta weisen ins Böhmisch-Mährische und sind von tschechischen oder anderen slawischen Namen gekennzeichnet. Mehrere österreichische Autoren aus und nach der Zeit der Monarchie, die slawische Abstammung oder Prägung durch eine slawische Umwelt aufwiesen, haben die deutschsprachige Literatur bereichert; es wäre verlockend, von diesen aus eine biographisch-analythische Sonde ins Wurzelgeflecht von Leben und Lyrik der Busta zu senken. Wegen Platzmangels sei jedoch nur ein Hinweis zitiert, den unsere Autorin von ihrer polnischen Übersetzerin E. Feliksiak am 12. Oktober 1984 erhielt.

»...jetzt arbeite ich – irgendwie in weitbegriffener gleicher Zeit – an den Gedichten von Ihnen und von Paul Celan. Eine seltsame Gleichzeitigkeit und Parallele, würden Sie sagen! Zu meiner eigenen Überraschung führt es zu recht interessanten – und eben bei solcher Doppelbeleuchtung erscheinenden – Deutungsmöglichkeiten. Diese zwei Lebenswerke, so ganz verschieden und doch irgendwie tief verwandt, sind für mich das Höchste in deutschsprachiger (deutscher? österreichischer?) Nachkriegslyrik. Scheinbar an zwei Polen dichterischer Sprache, sind sie die Zeugnisse an der Grenze des Sagbaren – zu beiden Seiten der Hoffnung? zu beiden Seiten der Sprache? Ihr Werk hat mich eben erschüttert (vor allem im Gedicht ›Abschied‹ aus der ›Scheune der Vögel‹, das ich neben Celans ›Zu zweien‹ und mancher Prosa W. Borcherts als dem vielstimmigen Schrei der Kriegsgeneration, aus allen Erfahrungsbereichen, erlebe und zu vernehmen glaube) – in seiner schwerwiegenden Offenheit (Einfachheit, die nicht einfach ist).«

Paul Celan schied freiwillig aus dem Leben, Christina Busta wollte vor drei Jahren das Schreiben aufgeben – doch ihr Ich und lyrisches Ich begegneten einem Du, das ihr »inmitten aller Vergänglichkeit« ein sehr seltenes Lebensgeschenk zubrachte: Aus menschlicher Reife eine leidenschaftliche Liebe erfüllen zu können und erfüllt zu bekommen. Du und lyrisches Du dieser offenbaren Wieder-Begegnung sind hinter dem Decknamen des »anderen« Hieronymus verborgen. Auf eine ebenso verwunderte wie erfreute Anfrage nach der »neuen Busta« antwortete die Autorin am 3. Oktober 1984, »daß meine Gedichte seit zwei Jahren eigentlich Briefe sind für einen einzigen Adressaten, der alles vertritt, was ich liebe und in dem ich mich wie in einem Brennpunkt sammle. Ein archimedisches Feuer!«
Bleibt nur noch festzuhalten, was der Leser mit fortschreitender Lektüre immer intensiver spürt: die Wirkung des »archimedischen« Ich-Du im einzelnen Gedicht verdoppelt sich durch die Reihung, dank welcher die Chronologie, also die Geschichte ihrer Liebe lesbar wird wie eine Liebesgeschichte. Die neue Busta: Liebesgedichte als Liebesgeschichte, Liebesgeschichte als Lebensgeschichte – bis zum Tod und danach: »Was werden wir sein in hundert Jahren? Der Erde vermählt und Gott anvertraut, zwei Hände voll zärtlichem Staub…«

Franz Peter Künzel

INHALT

WERKE VON CHRISTINE BUSTA IM OTTO MÜLLER VERLAG

Der Regenbaum, Gedichte. 1951, 2. Aufl. 1977.
Lampe und Delphin, Gedichte. 1955, 3. Aufl. 1966.
Die Scheune der Vögel, Gedichte. 1958, 2. Aufl. 1968.
Die Sternenmühle, Gedichte für Kinder und ihre Freunde. Mit Bildern von Johannes Grüger. 1959, 6. Aufl. 1985. Dazu Schallplatte.
Unterwegs zu älteren Feuern, Gedichte. 1965, 2. Aufl. 1978.
Salzgärten, Gedichte. 1975, 2. Aufl. 1979.
Die Zauberin Frau Zappelzeh, Gereimtes und Ungereimtes für Kinder und ihre Freunde. Mit Bildern von Hilde Leiter. 1979.
Wenn du das Wappen der Liebe malst, Gedichte. 1981, 2. Aufl. 1983.
Inmitten aller Vergänglichkeit, Gedichte. 1985.